W9-BRE-746

El LETRERO SECRETO de ROSIE

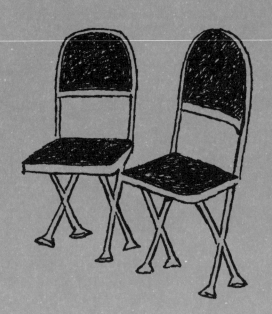

El LETRERO

SECRETO de ROSIE

Escrito e ilustrado por **MAURICE SENDAK**

kalandraka

Título original: *The Sign on Rosie's Door*

Colección libros para soñar•

Copyright © 1960, Maurice Sendak, copyright renewed 1988 by Maurice Sendak
Publicado con el acuerdo de HarperCollins Children's Books, una división de HarperCollins Publishers
© de la traducción: Eduardo Lago, 2016
© de esta edición: Kalandraka Editora, 2016
Rúa de Pastor Díaz, n.º 1, 4.º A - 36001 Pontevedra
Tel.: 986 860 276
editora@kalandraka.com
www.kalandraka.com

Impreso en Gráficas Anduriña, Poio
Primera edición: febrero, 2016
ISBN: 978-84-8464-970-0
DL: PO 21-2016

Recordando *a Pearl Karchawer,*
a todas las Rosies
y a Brooklyn

CAPÍTULO UNO

En la puerta de la casa de Rosie había un letrero.

Decía: «Si quieres enterarte de un secreto,

llama tres veces».

Kathy llamó tres veces y Rosie abrió la puerta.

—Hola, Kathy.

—Hola, Rosie. ¿Qué secreto es ese?

—Ya no soy Rosie –dijo Rosie–. Ese es el secreto.

—¿Entonces quién eres? –preguntó.

—Soy Alinda, la bella cantante.

—¡Oh! –dijo Kathy.

6

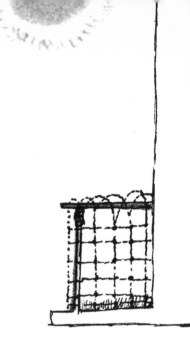

—Y algún día –dijo Rosie–, cantaré
en un gran espectáculo musical.

—¿Cuándo? –preguntó Kathy.

—Ahora, en el patio trasero. ¿Quieres venir?

—¿Yo también puedo ser alguien? –preguntó Kathy.
Rosie lo pensó durante un minuto.

—Creo –dijo por fin– que puedes ser Cha-Charú,
mi bailarina árabe.

—Vale –dijo Kathy–.
Voy contigo.

Y fueron todos. Dolly, Pudgy y Sal.

—Ahora sentaos todos –dijo Rosie.

Todos se sentaron en sillas plegables.

—Ahora callaos todos –dijo Rosie–.

La función va a empezar.

Estaban todos sentados en silencio.

Rosie y Kathy desaparecieron
por la puerta del sótano.

—Este sí que es un buen espectáculo
–susurró Pudgy.

—Sí que lo es –dijo Dolly.

¡POM, POM, POM! Tras la puerta del sótano
se oyó el sonido de un tambor.

—¡Damas y caballeros! –exclamó una voz lejana–.
Tenemos el gusto de presentarles a Cha-Charú,
la bailarina árabe. ¡Aplaudan y griten bravo!
Todos gritaron y aplaudieron.
Se abrió la puerta del sótano y apareció Kathy.
Iba vestida con una bata y llevaba una toalla
en la cabeza. Agitó los brazos y dio tres pasitos.
—Cha-Charú-ru-ru –cantó suavemente.

—Es suficiente –exclamó la voz que se encontraba tras la puerta del sótano.

—¡Todo el mundo a aplaudir y a gritar bravo! Se oyen aplausos: ¡Plas! ¡Plas! ¡Plas! Y gritos: ¡Bravo! ¡Bravo! ¡Bravo!

—Ahora viene lo mejor del espectáculo –prosiguió la voz–. Yo, Alinda, la bella cantante, tengo el placer de cantar para ustedes *En la parte soleada de la calle.* ¡Que todo el mundo diga oh y ah!

—¡Oh!

—¡Ah!

—¡Oh, ah!

Se abrió la puerta del sótano y salió Alinda.
Llevaba un sombrero con plumas,
un vestido de señora y zapatos de tacón.

—¡Hola a todos! –dijo alguien.

Todos se volvieron y vieron a Lenny, que llevaba puesto
un casco de bombero.

—¿Puedo jugar yo también? –preguntó.

—No estamos jugando –gritó Alinda–.

Es un espectáculo auténtico y no puedes.

—¿Por qué?

—Porque no.

—De todas formas –dijo Lenny–, tengo que ir
a apagar un incendio. ¿Queréis venir todos?

Todos dijeron que no con la cabeza.

Lenny salió del patio corriendo.

—Ahora voy a cantar –dijo Alinda.

Cerró los ojos: —*En la par...*

—¿Quieres saber una cosa? –preguntó Lenny.

Había vuelto otra vez.

—¿Qué cosa? –preguntó Alinda.

—Me sé un truco –dijo Lenny.

—¿Qué truco?

15

—Primero –explicó Lenny– lanzo al aire
mi casco de bombero y después el que lo coja,
para él. ¿Todos queréis jugar?
Todos dijeron que sí con la cabeza.
—Vale –dijo Alinda.
Lenny lanzó el casco al aire y cayó
en el antepecho de la ventana.
—¿Ahora cómo lo cogemos? –preguntó Kathy.
—Tendremos que trepar para cogerlo –dijo Alinda.
Así lo hicieron. Sal se subió encima de Pudgy.
Dolly se subió encima de Sal. Kathy, encima de Dolly.
Lenny, encima de Kathy y Alinda, encima de todos.
Cogió el casco de bombero del antepecho
de la ventana y se lo puso en la cabeza.
—Lo he cogido yo, es mío –gritó–. ¡Bien por mí!
Todos se bajaron.

—Ahora voy a cantar –dijo Alinda.

Extendió los brazos. –*En la par...*

—Devuélveme el casco –dijo Lenny–. Tengo que ir
a apagar otro incendio.

—No –dijo Alinda–. Dijiste que el que lo cogiera,
se lo quedaba para él.

—Era solo un juego –dijo Lenny–, y mi madre
dice que yo no debería volver a regalar nada.
Le quitó a Alinda el casco de la cabeza
y salió del patio corriendo.

—Vamos, Pudgy –dijo–. Vamos, Sal, ¡ayudadme
a apagar el incendio!

—Tendríamos que ayudarle –dijo Pudgy.

—Nos necesita –dijo Sal.

—Pero… –empezó a decir Alinda.

Pero ya se habían ido.

—Será mejor que vaya yo también –dijo Dolly.

—Aún no he cantado mi canción –dijo Alinda.

—Tengo hambre –respondió Dolly. Y se fue a su casa.

Se habían ido todos. Dos de las sillas plegables
se habían caído.

—Está haciéndose tarde –dijo Kathy–.
Tengo que irme a casa.

—¿Verdad que ha sido un espectáculo estupendo?
–preguntó Rosie.

—El mejor que he visto jamás –respondió Kathy–.
Tenemos que hacer otro pronto.

—En el mismo sitio, a la misma hora –dijo Rosie–.
Adiós, Cha-Charú.

—Adiós, Alinda.

Rosie estaba completamente sola. Se subió
encima de una silla plegable y dijo muy suavemente:

—Damas y caballeros, ahora Alinda va a cantar
En la parte soleada de la calle.

Y cantó toda la canción seguida hasta el final.

CAPÍTULO DOS

No había nada que hacer.

—No tengo nada que hacer, mamá –dijo Rosie.

—Pues haz algo –dijo su madre.

Así que Rosie hizo algo. Escribió una nota
y la pegó a la puerta principal.

—¿Qué has hecho? –preguntó su madre.

—¡Oh! –dijo Rosie–, he pegado una nota
en la puerta principal.

—Eso está bien –dijo su madre–.

Ahora has de pensar en hacer otra cosa.

Rosie se encontró una manta roja.

Se la echó por encima de la cabeza y se sentó
en la puerta del sótano del patio trasero.

CAPÍTULO TRES

—Mamá –dijo Kathy–, no tengo qué hacer.

—Vete a jugar con Dolly –dijo su madre.

Así que Kathy se fue a casa de Dolly.

—Hola, Dolly. ¿Qué estás haciendo? –preguntó.

—No sé –contestó Dolly. Se fueron a casa de Pudgy. Estaba sentado en los escalones de la puerta principal con Sal.

24

—¿Qué estáis haciendo? –preguntó Kathy.

—No estamos hablando –respondió Pudgy.

—Eso no es hacer gran cosa –dijo Dolly.

—¿Qué estáis haciendo vosotras? –preguntó Sal.

—Nada –dijo Kathy–. Creíamos que vosotros
estaríais haciendo algo.

—¿Qué queréis hacer? –preguntó Pudgy.

Todos se miraron
unos a otros.

Nadie tenía nada que decir.

—Vamos a preguntarle a Rosie qué hacemos.

Así que se fueron a casa de Rosie.

—¡Rosie! –llamaron.

No hubo respuesta.

—Mira –dijo Kathy, señalando la nota que había
en la puerta principal de Rosie.

Decía: «Si me estáis buscando, no os va a ser fácil,
porque voy disfrazada. Atentamente, Alinda».

—Vamos a mirar en el patio trasero –dijo Dolly.

Se fueron todos corriendo al patio trasero de Rosie
y allí, sentado en la puerta del sótano,
tapado de la cabeza a los pies con una manta roja,
había alguien.

—¿Eres tú, Rosie? –preguntó Dolly.

No hubo respuesta.

—Por favor, dinos quién eres –dijo Kathy.

—Soy Alinda, la niña perdida.

—¿Y quién te perdió? –preguntó Pudgy.

—Me perdí yo –respondió Alinda.

—Aun así, ¿de veras no eres Rosie?
–preguntó Pudgie.

—Antes era Rosie –dijo Alinda–, pero ya no.

Se sentaron todos en la puerta del sótano.

—¿Quién te va a encontrar? –preguntó Sal.

—El Hombre Mágico –dijo Alinda.

—¿Quién es?

—Mi mejor amigo –respondió Alinda.

—Y cuando te encuentre, ¿qué pasa? –preguntó Kathy.

—Él me dirá lo que tengo que hacer –explicó Alinda.

—¿Podemos quedarnos a esperar contigo?
–preguntó Pudgy.

—Me imagino que sí –dijo Alinda–.
Pero tenéis que estar muy callados.

Así que estuvieron muy callados.

No dijeron ni palabra. No hicieron nada.

Solo esperaron.

—Esto es divertido –susurró Kathy.

—¡CHISST! –dijeron todos.

Y se quedaron callados mucho tiempo.

Pronto se hizo muy tarde.

—Es muy tarde –susurró Dolly–.

Tengo que irme a casa.

—Yo también –dijo Pudgy.

—Creo que el Hombre Mágico no va a venir hoy
–dijo Kathy.

—Creo que no –dijo Alinda.

—Puede que venga mañana –dijo Sal.

—Puede –dijo Alinda–. Puede que no.

—¿Podemos venir mañana a esperar contigo
otra vez? –respondió Dolly.

—Me imagino que sí –dijo Alinda.

—Mañana vendremos antes –dijo Kathy–.
Así podremos esperar más tiempo.

—Nos veremos todos a las doce
en la puerta del sótano de Rosie –dijo Pudgy.

—¡A las doce en punto! –dijo Sal.

—¡En punto! –convinieron todos.

Y luego se fueron a casa.

Aquella noche, cuando sus madres
les preguntaron qué habían hecho toda la tarde,
dijeron que habían hecho tanto que ni siquiera
hubo tiempo suficiente para hacerlo y que iban
a volver a hacerlo todo de nuevo mañana.

—¡Bien! –dijeron todas sus madres.

CAPÍTULO CUATRO

—Mamá –preguntó Rosie–, ¿yo soy tu pequeña?

—Claro –contestó su madre.

—Quiero decir… –empezó Rosie.

—Quieres decir esto –dijo su madre,
y le dio tres besos a Rosie.

—Quiero decir –dijo Rosie–
si puedo tener un petardo.

—No –respondió su madre.

—Pero si hoy es día de fiesta –dijo Rosie.

—Ya lo sé –dijo su madre.

—Kathy y Dolly tienen petardos –dijo Rosie.

—No lo creo –respondió su madre–. Son peligrosos
y yo no quiero que mi pequeña se haga daño.
—Yo no soy tu pequeña –dijo Rosie–.
Soy una niña mayor y todos los demás
tienen petardos.
—No lo creo –dijo su madre.
Rosie no dijo ni palabra.
—Juega con tu gato Suero –dijo su madre–.
Eso estaría mucho mejor.
—No lo creo –dijo Rosie.
—¿Qué has dicho? –preguntó su madre.
Rosie salió y se sentó en los escalones
de la puerta principal de su casa.

Eran las doce. Llegaron Kathy, Dolly, Pudgy y Sal,
y se quedaron de pie delante de ella.

—Son las doce –dijo Kathy–. La hora de esperar
al Hombre Mágico.

Rosie volvió a entrar en casa y se echó encima su manta roja.
Cuando salió, todo el mundo estaba ya sentado
en la puerta del sótano del patio trasero.

Se sentó junto a ellos. Nadie dijo ni palabra.

—¿Llegará pronto, Rosie? –preguntó Dolly.

—Me llamo Alinda –dijo Rosie.

—¿… Alinda?

—No sé –dijo Alinda.

—Será mejor que estemos callados
–susurró Pudgy.

Se estuvieron callados.

Suero, el gato de Rosie, maulló suavemente
y se le subió al regazo.

Los momentos iban pasando.

—Oigo que alguien viene. Deprisa –dijo Alinda–,
¡que todo el mundo cierre los ojos!

Cerraron los ojos.

—Hola, soy yo. ¿Qué os pasa a todos?

Todos abrieron los ojos.

Era Lenny, que llevaba puesto un sombrero vaquero.

—Si quieres esperar con nosotros –dijo Alinda–,
siéntate y quédate callado.

—De acuerdo –dijo Lenny. Se sentó.

—¿A qué estamos esperando? –preguntó.

—Al Hombre Mágico –susurró Pudgy.

—Oh –dijo Lenny–. ¿Quién es…?

—¡CHISST!

Volvieron a quedarse callados.

—Creo que he visto que las hojas se movían un poquitín
–susurró Dolly.

—Ahora sí que viene –dijo Alinda–. ¡Cerrad los ojos otra vez!

Todos cerraron los ojos otra vez. Se cogieron todos de la mano.

Escucharon.

Oyeron que Alinda decía:

—Hola, Hombre Mágico… ¡Oh!, qué bien…
Muchísimas gracias. Adiós, y salude
en mi nombre a su esposa, por favor.

Estuvieron en silencio un rato. Después:

—¿Podemos abrir los ojos ya? –preguntó Kathy.

—Sí –dijo Alinda.

—No lo he visto –dijo Lenny.

—Tenías los ojos cerrados –dijo Dolly.

—Era muy silencioso –dijo Sal.

—¡Llevaba sombrero vaquero? –preguntó Lenny.

—Sí –dijo Alinda.

Todos gritaron a la vez.

—¿Y máscara?

—¿Y alas?

—¿Y una capa azul?

—¿Y orejeras?

—Naturalmente –dijo Alinda.

—¡Entonces sí que era el Hombre Mágico!

–gritó Lenny.

—Naturalmente –convinieron todos.

—¿Qué te dijo, Alinda? –preguntó Kathy.

—Me dijo que ya no soy Alinda, la niña perdida.

—¿Qué más? –preguntó Pudgy.

—Y me dijo…

—¿Qué? –gritaron todos.

—¡Me dijo que yo podría ser un gran petardo rojo!

—¡Ooh!

—Y me dijo…

—¿Qué? –gritaron todos.

—¡Me dijo que todos vosotros podríais ser pequeños petardos plateados!

—¡Pun! –gritó Dolly.

—¡Pin, pan, pun! –gritó Kathy.

—¡Chisss… pan, pun! –gritaron Pudgy y Sal.

—Y me dijo…

—¿Qué? –gritaron todos.

—¡Me dijo que podríamos ser petardos durante todo el día!

—¡Viva el Hombre Mágico!

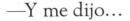

Lenny dio un salto muy grande.

—¡Que voy! –dijo–. ¡Chissss… pun!

Sal se puso cabeza abajo y dijo:

—Aún no he salido disparado.

Kathy y Dolly se pusieron a bailar a la rueda, cantando:

—Pun catapún chimpún.

Rosie se subió a lo alto de la puerta del sótano
y se puso a vociferar:

—¡Soy el petardo rojo más grande que hay en todo el mundo!
¡Allá voy! ¡PUN! ¡PUN! ¡PUN! ¡CHISSSSS!

Saltaron, corrieron y salieron brincando
del patio de Rosie.
Por todo el camino silbaron, zumbaron
y estallaron, hasta que llegaron a casa.

Suero maulló suavemente.

—¿Estás cansado, bonito? –preguntó Rosie–.
Venga, vamos a entrar en casa.

Cogió al gato y llamó a la puerta. TOC, TOC.

—¿Quién anda ahí? –preguntó su madre.

—Soy Alinda, la bella cantante –dijo Rosie.

—No me lo creo –respondió su madre.

—Soy Alinda, la niña perdida –dijo Rosie.

—Eso tampoco me lo creo –dijo su madre.

—Soy Alinda, el gran petardo rojo,
y voy a hacer saltar en pedazos toda la casa.

—No hagas eso –dijo su madre. Y abrió la puerta.

—¡Rosie! –dijo.

—¿No sabías que era yo? –preguntó Rosie.

45

—Me parecía que sí –dijo su madre–,
pero no estaba segura.

—Estoy cansada, mamá –dijo Rosie–.
Suero también está cansado.
Hemos tenido un gran día de fiesta.

—Eso sí que me lo creo –dijo su madre–.
¿Por qué no os vais los dos a dormir?
Rosie cogió al gato y subió a su habitación.
Al cabo de un ratito su madre subió
a ver si estaban dormidos. Abrió la puerta
y vio a Suero metido en la cama,
arropado hasta la barbilla, y a Rosie
acurrucada encima de la alfombra.

—¡Rosie! –dijo.

—¡Chist! –dijo Rosie–. Suero está dormido.

—¿Por qué estás tumbada en el suelo, nena?
–susurró su madre.

—Porque soy un gato dormido
–contestó Rosie.

—Oh –dijo su madre.

Y salió de la habitación andando de puntillas.

—Buenas noches –susurró al cerrar la puerta.

—Miau –respondió Rosie.